最棒的過動兒

作者：何善欣
插畫：陸承宗

一、動動小天使

浩浩不知道為什麼媽媽帶他到醫院去。

醫生的辦公室裡，一點兒也不好玩，小小的，沒什麼有趣的東西，大人們又一直不停的說話。管他三七二十一，浩浩溜到外面走廊上，抓著樓梯扶手，爬上溜下的，像上了發條似的停不下來。

從醫院出來，在一片綠綠的草坪上，媽媽蹲了下來，握著浩浩的兩隻手說：

「浩浩，安靜一下，不要動，眼睛看著媽媽，媽媽有話跟你說。」

浩浩看了媽媽兩眼，媽媽好像很認真的樣子。但那不重要，重要的是前面有一片草地，在上面翻觔斗，一定很過癮。浩

浩掙脫了媽媽的手，連滾帶跳的，在草地上又玩了起來。浩浩遠遠的看到媽媽坐在草坪上，不動也不說話。

晚上餐桌上出奇的安靜，爸爸媽媽都不太說話。媽媽的眼睛雖然腫腫的，但對浩浩很溫柔。浩浩平常吃飯的時候，話很多，一頓飯要吃好久，今天也反常的靜，做錯事似的不敢吭聲。

晚上上床後，浩浩閉著眼睡不著。媽媽坐在一旁，輕拍著浩浩的背，和爸爸討論白天的事。只聽見媽媽說：

「醫生說浩浩是個過動兒，是生理腦神經方面的問題，可能是遺傳或腦傷造成的，不容易集中注意力、衝動又過度的活動。原來不是浩浩不想聽話，是他做不到，想想過去他挨了多少打、多少罵，我又受了多少委屈，你和媽媽一直怪我不會帶孩子，其實孩子和我都是無辜的啊！你看孩子睡著的樣子多可愛，像極了小天使……」

浩浩聽不懂什麼注意力不足過動症，也不知道該怎麼辦，眼睛閉得緊緊的，假裝睡著。但感覺到手臂上熱熱的、溼溼的

，一滴又一滴，是媽媽的眼淚。

什麼是過動兒？什麼是遺傳？媽媽為什麼流淚？搞不懂……

……邊想邊聽大人說話，浩浩懵懵懂懂的睡著了。

※ ※ ※ ※ ※

沒事的時候，浩浩常喜歡看小時候的照片。從照片中可以看出來，浩浩的誕生真是家中的大事，爸爸媽媽小心翼翼的抱著他，照了好多照片。媽媽總是說浩浩是她的心肝寶貝。

可是照片中的媽媽越來越瘦，媽媽說都是因為養心肝寶貝累的。外公、外婆說，要三個人才能照顧一個小浩浩。浩浩小時候日夜顛倒，很不容易入睡，睡眠時間奇短，醒的時候大部分是在哭。等到會爬、會走以後，每天爬上爬下，沒有停的時候，難怪媽媽的身材越來越好，整天跟著浩浩運動嘛！

有一次，浩浩聲名遠播，讓他感覺自己好像有點兒與眾不同。那是一個星期天，爸爸帶著浩浩到公司加班，大人談事情，浩浩趁機閒逛，搞得辦公室如颱風過境。後來，浩浩爬上了爸爸的辦公桌，抬頭一看，有排櫃子在眼前，用力一撐，腳一跨，就上去了，再往前面斜斜的一攀，上了吊櫃，浩浩伸手摸

摸天花板。往下一看，哇！大人變矮了，桌子變小了，好好玩，浩浩大叫了起來！

所有大人一抬頭，馬上亂成一團，會也不開了，大家仰著頭，輕聲的跟浩浩說話，叫浩浩不要怕，一切都會沒事，不要動。浩浩不懂，有什麼好怕的。浩浩不但不怕，還真想往下跳跳看，一定很過癮！後來是爸爸的老板爬上去，把浩浩抱下來的。

從此以後，每次到爸爸的公司，叔叔伯伯們都開玩笑說浩浩是小超人，讓浩浩覺得自己好像真的不太一樣。

另外一次的雞尾酒事件，也讓浩浩聲名大噪。那是一個夏天，浩浩六歲，爸媽帶浩浩參加一位叔叔家舉辦的雞尾酒會。天氣好熱，客人很多，好吃又漂亮的東西也好多。尤其是桌上擺著雞尾酒，用大貝殼裝著，裡面有五顏六色的水果、冰塊⋯⋯

……說時遲，那時快，浩浩只問了句：「那是什麼？」就把兩手伸進去涼快涼快！只聽見媽媽一聲驚叫，所有人都停止講話，看著滿臉發紅的媽媽和一臉無辜的浩浩。浩浩放在貝殼裡涼快的雙手，繼續涼快也不是，拿出來也不是！

那次以後好久好久，媽媽都不帶浩浩去別人家。

有一次，媽媽真的是氣極了。浩浩和兩歲的弟弟一起洗澡，媽媽離開浴室去拿換洗衣服，浩浩問弟弟要不要玩潛水遊戲，弟弟說：「要！」浩浩就幫助弟弟把頭往水裡按，弟弟頭在水裡，兩手亂揮，浩浩一心急著要幫助弟弟潛水成功，好興奮！只記得媽媽衝進浴室，抓開浩浩的手，抱起弟弟，大哭著揍了浩浩一頓。浩浩一直說：「我不是故意的，我不是故意的。」真的，浩浩沒有惡意，只是覺得好玩。

還有，每次媽媽開車，浩浩在後座，也總是不停的翻滾。媽媽說每次從後照鏡看到的都是浩浩的腳，而不是頭。因此媽媽最常說的口頭禪是：「頭在上面，腳在下面，屁股坐在椅子上。」

有一天浩浩偷看到媽媽的日記，上面寫著：「究竟是天使

還是魔鬼？我的寶貝浩浩，真讓人束手無策……」下面就沒耐心再看了。

當然是天使啊！浩浩想。主日學老師不是說，天堂都是像我們這樣的小孩嗎？浩浩依稀記得那天睡夢中，媽媽不是說他像極了小天使嗎？小天使也有很愛動的那種啊！

二、我裡面有個泥娃娃在哭

浩浩仍然不知道為什麼媽媽要帶他到醫院去看醫生。也不知道什麼是過動兒，但浩浩知道，自己越來越不快樂。

浩浩不喜歡寫字，覺得寫字好無聊。每一堂課都要在椅子上坐好久，不能起來，不能講話，又沒有點心時間。

浩浩總是忍不住跟旁邊的人說話，用紙團丟來丟去，或用鉛筆戳來戳去也挺好玩的。

剛開學時，還會出去上個廁所、打個電話什麼的。浩浩用橡皮筋射日光燈管的技術也準得不得了，那可不容易呢！

每次上課，浩浩總是努力的聽，可是時間總是過得好慢、好慢，只好在課本上畫畫，課本都畫破了，橡皮也都切碎了。

媽媽常被老師請到學校，都是因為浩浩在教室坐不住或是跟別人打架。有一回，媽媽在教師辦公室哭得好傷心，看媽媽哭，浩浩好難過，但浩浩也不是不想聽話，真是連自己也搞不懂。

其實浩浩現在已經比剛開學時進步許多，浩浩知道，不到下課不能走出去，也盡量忍著不跟旁邊的人講得太大聲，偷吃東西也不能吃太多次。

最讓浩浩難過的是沒有好朋友，每次好不容易交到一個朋友，過了不久就會跟人家打架或吵架。浩浩不懂，為什麼每次

大家都說是他的錯。分組的時候，都沒人要跟浩浩同組。每次生日請客，也沒人邀請浩浩去。浩浩好喜歡去別人家玩，也好喜歡朋友多一點。

浩浩還覺得媽媽偏心，比較喜歡弟弟。客人來都誇獎弟弟可愛，卻沒有人讚美浩浩。連太陽都不公平，每次坐在媽媽車子後座，浩浩坐哪邊，太陽就曬哪邊，都比較少曬到弟弟。

一天傍晚，寫回家作業，浩浩寫得很慢，又開始發呆。媽媽一邊摘菜，一邊問：

「浩浩在想什麼？還不快寫功課！」

「什麼也沒想，只是覺得裡面有個泥娃娃在哭，我的心好像掉了一半。」浩浩回答。

媽媽摘菜的手停了下來，愣了半晌，好像媽媽的心也掉了一半。媽媽說：

「浩浩，功課先別寫了，我們去看夕陽，媽媽跟你好好的聊一聊，好不好？」

三、我是過動兒

媽媽跟浩浩散步到公園，坐在盪鞦韆上，媽媽告訴浩浩：

「你知道，這個世界上有好多種人：白種人、黃種人、黑人和紅人；有人天生長得高大，有人天生鼻子尖尖的，像小阿姨的法國先生；有人生下來就聽不見，有人生下來就有心臟病。浩浩天生比較愛動、精力旺盛、比較衝動、也容易分心，醫生說那叫『過動兒』。有的過動兒很聰明，有的過動兒好善良，很多過動兒很有創造力。不過，重要的是，浩浩，你要了解自己，學會和自己相處，媽媽會幫助你，找方法學習專心一些，功課就會比較快寫完，或是學會控制自己不要那麼衝動，朋

友就會多一些，好不好？」

媽媽一下說那麼多，浩浩實在忍不住，應了聲好，就跑去玩翹翹板了。

過了一會兒，浩浩看到媽媽整個臉紅紅的，是夕陽映在媽媽臉上呢！玩了翹翹板、盪了兩下鞦韆，浩浩又跑來坐在媽媽腳前，問道：「為什麼我是過動兒？還有誰是過動兒？弟弟也是過動兒嗎？」

「弟弟不是過動兒？可是弟弟的身體不太好，常得胃炎。一百個孩子當中，大概有三、五個過動兒吧！但有的輕微，有的嚴重。有的過動兒不愛動，只是不容易專心。」媽媽回答。

「那為什麼上帝要讓我是過動兒？不把我生成過動狗或過動老鼠？」

「那我不成了狗媽媽、老鼠媽媽了？」媽媽笑了起來，伸

手要摸浩浩的頭，卻落個空，浩浩一溜煙的又跑開了。

回家的路上，天已經黑了，路燈把浩浩和媽媽的影子拖得長長的。媽媽說：「媽媽正在學習了解你、幫助你。以後讓我們做最佳拍檔好不好？」

「當然好！」浩浩撿起一塊石頭，往樹上丟去。

從上次看完醫生回來，媽媽就變了，比較少發脾氣，也比較少罵或打浩浩了，浩浩覺得媽媽變溫柔了！

※ ※ ※ ※ ※

媽媽好聰明，果然學來了新方法，幫浩浩記住事情。

本來浩浩的抽屜總是亂七八糟，天天都會忘記帶一、兩樣該帶到學校的東西，或是搞丟本子、外套或水壺啊什麼的，聯絡簿也總是抄不完全。每天上學總是搞到最後一分鐘，趕不上

校車，浩浩也不是動作慢，就是不知道自己總是在忙些什麼。

媽媽先是把每天一早起床要做的事寫下來，貼在冰箱上：刷牙、洗臉、梳頭、吃早餐、穿襪子、拿書包……要浩浩每天一樣一樣照著做，媽媽笑說好像在訓練小狗。

媽媽又教浩浩把房間所有的玩具都分類排好，一樣玩具一個盒子

，放在架子上，每次用完一定放回原位，連弟弟和爸爸都不准亂放。抽屜也定期分類整理一次。寫功課的時候，桌上儘量都收拾乾淨，不放其他東西。

每天幾點要做什麼，媽媽也都儘量和浩浩約定好，然後照約定行事。例如：放學後一定先做功課，才能去公園玩；六點半可以看卡通灌籃高手；星期三、五半天課的下午，才能玩電動……

媽媽也教浩浩如何把聯絡簿一條一條抄好，然後一一照著作，每做完一樣，就打一個勾。

以前浩浩一個學期要搞丟三件外套、五把傘、兩個鉛筆盒、兩打鉛筆……每次浩浩都不好意思到訓導處領取失物。現在媽媽教他每天回家前點一遍東西，一開始當然沒有用，有的時候同學幫忙提醒，有的時候老師會幫忙看一看。現在好像改善

了一點。

那天去童裝店買衣服，老闆娘問媽媽外套要不要買半打？媽媽說：「不用不用，浩浩長大許多，不這麼常搞丟東西了。」

媽媽也教浩浩專心作功課的小技巧，例如：把所有的功課分成幾個段落來寫。媽媽還替浩浩買了一個小計時器，寫功課的時候，一定要專心寫十分鐘

，才可以起來動一下，喝喝水或上個廁所，然後再繼續寫十分鐘。還有個小錄音帶，會定時提醒浩浩有沒有專心做正在做的事。否則邊玩邊寫，每次都寫到好晚還寫不完，又錯誤百出，惹得媽媽發脾氣。

剛開始時，浩浩覺得好煩、好煩，還好媽媽答應放學後，一定在家陪浩浩一起做。而且只要按照約定做到，就可以累計分數得獎品，是浩浩最愛的樂高耶！而且弟弟也有規定要遵守，也要累計分數才可以買玩具，浩浩覺得這樣才公平。

後來，媽媽真的辭掉了工作，每天下課回家可以看到媽媽，真好！

之後，浩浩覺得日子好像真的比較不混亂，也比較知道自己在做什麼，腦袋好像變清楚一點了。

四、校車上打架事件

有一天在校車上回家的途中，浩浩坐在陳曉朋的旁邊，他高浩浩一班，長得高大，很會打架，大家都有一點怕他。

浩浩站到椅子上，想看看架子上有一包紙包裡面有什麼。一不小心踩到陳曉朋的手，陳曉朋二話不說，一拳就打在浩浩的胸膛，浩浩馬上就跟他打了起來。

浩浩先到站，下校車的時候，陳曉朋警告浩浩，要回家找人帶武器來修理浩浩。

浩浩一路火速的跑回家。一進家中大門就喊：

「刀子呢？菜刀在哪裡？我要去跟他拼！」

「要刀子做什麼？浩浩，怎麼了？」媽媽嚇了一跳！

「快，拿給我，快來不及了！」浩浩急得又想往門外衝。

媽媽看浩浩一臉通紅，又急又害怕的樣子，就先安撫浩浩的情緒：

「浩浩，媽媽把門關上了，沒人可以進來，不要怕！有媽媽保護你。先告訴媽媽發生了什麼事？媽媽一定會幫你解決。」

媽媽這麼一說，浩浩才站定，上氣不接下氣、有頭沒尾的描述了一下事情的經過。說完馬上又往廚房衝，要找刀子。

媽媽抱起浩浩，坐在沙發上說：

「浩浩，校車已經走了，就算要拼也不是現在。你明天才會再見到陳曉明。我們現在在家裡很安全，先安靜下來，我們有一個下午和晚上的時間來想對策。我們一邊吃飯一邊聊，好不好？」

浩浩這時才冷靜下來，和媽媽上了餐桌。母子倆從陳曉明

唸幾班？家住哪裡？哪裡可以打聽到他的電話？開始聊起。

媽媽建議可以先跟陳曉朋的父母親聯絡，讓他們知道發生的事情，或許可以先做疏導，明天就沒事了；或者，媽媽可以和浩浩或陳曉朋的老師聯絡，請他們明天注意處理；再不然，媽媽明天可以跟浩浩一起到學校，保護浩浩，並跟陳曉朋談一談。

浩浩一放心，大口大口的吃起飯來。其實浩浩很可愛，發飆得快、沒事得也快，有時大人還在擔心著，他卻已經沒事了。

下午，媽媽跟老師打了電話。浩浩照常作功課。晚上，浩浩禱告請上帝保護他，很放心的上床。媽媽問浩浩：

「其實陳曉朋可能跟你一樣，早就不想這件事了，對不對？」

「對啊！或許他跟我一樣是過動兒，很容易衝動，可是心地不壞，只是隨便說說，嚇我而已！」

第二天，媽媽依約到校車停車處接浩浩下車，確定浩浩和陳曉朋沒再打架。沒想到，浩浩一下車，很不好意思的拉著媽媽的手就走：「沒事啦！快走啦！他今天還跟我玩呢！」

這一次，浩浩沒有闖禍，也沒有失去一個朋友。

牽著浩浩的手走回家，媽媽告訴浩浩，以後無論在外面發生什麼事情，千萬不要衝動，先停一下，想一想對策。而且回家一定要告訴爸爸媽媽，大家一起想辦法解決，這樣才會有比較好的結果。

五、朋友變多了

不知道為什麼，浩浩本來在班上不太受歡迎，玩團體遊戲常不歡而散，也很少人邀請浩浩去他們家玩。每次才跟個新朋友熟起來，但是過了不久又會因為打架或吵架鬧翻。其實，浩浩心裡好希望有好朋友喔！

有一次玩丟球遊戲，不知怎的，最後所有同學聯合起來丟浩浩一個人，浩浩簡直氣瘋了，大哭不止。老師指責全班同學不該以眾欺寡，那是不公平的。媽媽摟著氣得發抖的浩浩，心疼極了！

但是後來媽媽發現，浩浩沒把遊戲規則耐心聽完，又衝動、賴皮的不肯認輸，還先開口罵人、威脅別人，引起了全班公憤。

媽媽和老師帶著浩浩回到操場，解釋給浩浩聽，為什麼別的同學會生氣，又讓浩浩自己想想，當時浩浩還有什麼別的方法來表達自己的意思，或許別人就不會這麼生氣，而浩浩也不會被大家攻擊了。浩浩點點頭，接受了老師的建議，但還是很傷心。

媽媽也提醒浩浩，不要動不動就開口罵人，話也是會傷人的，雖然有時候只是說說而已，不見得會去做，但是別人聽了一樣會生氣或傷心。

運氣不錯的是，這學期坐在浩浩旁邊的是王怡婷，她比浩浩還高一點。她對浩浩很好，常請浩浩吃東西，還會提醒浩浩

要抄聯絡簿、繳作業。晚上有時候也會打電話跟浩浩聊天，浩浩覺得有點兒不好意思。

媽媽也很喜歡王怡婷，而且和王媽媽成為好朋友。浩浩常忘記帶功課回家，就去隔壁巷王家借回家看，浩浩也常打電話問王怡婷第二天考試考什麼。

每次家裡有什麼好吃的，媽媽都會叫浩浩送一份去王家。媽媽常說：「浩浩好幸運，有一個這麼好的朋友。」浩浩也這麼覺得。她是班上少數沒跟浩浩吵過架的人，也是少數願意和浩浩分在同組的人。浩浩想：或許像王怡婷這樣的人一輩子都不會跟人吵架吧！

※ ※ ※ ※ ※

後來班上轉來了一位新同學——蔡憶欣。她有點兒奇怪，

聽說有一點兒輕微的腦性痲痺，智能上也有些受到影響。

浩浩注意到，她上學的路要人帶好多次才會認得，也常沒辦法從書包翻出該繳的簿本、鉛筆，橡皮也常搞不見。

可是，浩浩也發現蔡憶欣的眼睫毛好長好漂亮，眼睛大大的，一眨一眨的有點像洋娃娃。憶欣的脾氣也很好，不會跟人吵架，總是笑笑的。

媽媽告訴浩浩，一定要和憶欣做好朋友，憶欣常常需要別人的幫助和關心。浩浩懂得，浩浩嘗過沒有朋友的滋味，浩浩也知道每次找不到要用的東西有多心急，何況不是故意的嘛！既然王怡婷都可以常常幫助浩浩，浩浩也可以幫助憶欣啊！

每次體育課帶隊的時候，浩浩都會特別慢一點，看憶欣趕上了沒。玩躲避球的時候，浩浩投給憶欣的球一定會比較輕、也比較慢。

老師後來別有用心的讓浩浩和憶欣坐在一起。浩浩覺得自己好像又長大了一點，比較搞得清楚狀況，要不然怎麼幫助憶欣呢！

六、躲避球大賽

這學期似乎好事特別多，浩浩還被選為體育股長呢！

說真的，一開始浩浩一點信心都沒有。以前在班上，浩浩很少被老師賦予重任，只要不闖禍挨罵，似乎就不錯了。

下課的時候，浩浩常呼風喚雨的帶頭衝去操場。浩浩好喜歡打躲避球，他是班上的主將。雖然體格不是最強壯的，但是浩浩很認真，他既會接球、又會閃躲。每次班上分為兩隊比賽，都是浩浩和裕祥作主將，猜拳選隊友。

媽媽也一直鼓勵浩浩試一試，先作一、兩個星期看看。好幾個同學也覺得浩浩當體育股長是理所當然的。所以老師提議由浩浩擔任的時候，浩浩雖然心跳得好快，臉有點熱熱的，腦袋一片空白，還是接受了這個任務。

其實上體育課是浩浩最快樂的時候，因為他不但羽毛球、躲避球打得好，賽跑、游泳也是全班前幾名。每次上體育課，時間過得最快，也覺得最快樂、得意。浩浩很喜歡別人替他拍手、加油！也很喜歡自己表現得好。浩浩最怕老師處罰他不准上體育課。

※ ※ ※ ※ ※

當上體育股長沒多久，浩浩班上就和三年二班有一場「世紀大對決」的躲避球大賽。浩浩決定要好好的打一場。

首先得先決定代表隊的成員，浩浩第一次跟死對頭裕祥密切合作，兩人精心策畫，要組一個最強的隊伍。

星期三，利用半天課的下午，浩浩邀請裕祥來家裡一起討論。為了有充分的時間準備球賽，浩浩接受媽媽的建議，儘量

專心的做功課，又快又正確的把功課做完，才有更多的時間練球。媽媽每次總是煩惱浩浩做功課不專心，一會兒起來尿尿，一會兒起來找東西吃，一會兒搶著接電話，時間拖了好久好久，常寫得東漏西落的。每次做功課都搞得大家心情不好。

這次，浩浩決定要改改這個壞毛病。好好用媽媽買來的計時器和錄音帶提醒自己專心寫功課，每過十分鐘才能起來動一下。

星期三下午，浩浩真的在一小時內就完成了功課，迫不及待的等裕祥來按門鈴。他們不但決定了代表隊的名單，兩人還到小公園練了一下球。

今天浩浩好高興，媽媽說得不錯，不趕快專心做完功課，是在浪費自己的生命。浩浩今天對自己的感覺特別的好，特別提早上床，以儲備明天打球的體力。最近連做夢都會夢到打球

呢！

大決賽的那一天總算來了。老師和媽媽都在一旁替三年五班加油，浩浩有點緊張。

「加油！」

「加油！」所有人都在賣力地為場上的人加油。

果然不出所料，二班主將丘顯強的球真的好強，班上的女生又不敢接球，一個個被打出場，只剩下浩浩在場內孤軍奮鬥。

裕祥在外場也真的發揮了實力，砸得又強又準，跟浩浩很有默契，一個個解決了二班的人。兩隊的人數越來越接近了，浩浩也很賣力的撐著大局。

就在千鈞一髮之際，一個險球迎面打來，浩浩馬上往地上一趴，球橫越過空中，絲毫沒有碰到浩浩的身體，所有的人都驚叫起來！怎麼可能躲得過？身手實在太好了！

但是，最後三年五班還是以兩人之差，敗給了三年二班，大家都有些喪氣。但是出乎意料之外的是：全班都在討論浩浩和裕祥的神勇，尤其是浩浩反應之靈敏，一再逃掉丘顯強的強力攻勢，贏得全班的讚美。

大家在午飯時間，仍不停的談論球賽的細節。比起那些只會叫、不會躲的女生，浩浩實在太酷了！女生們都自嘆不如。以前幾個功課很好、自以為了不起的女生，對浩浩都投來羨慕的眼光。

浩浩覺得自己真的好棒好棒！跟班上同學的距離似乎拉近了許多。

七、阿媽過世了

有一天早上，媽媽把浩浩和弟弟從睡夢中叫醒，說今天不

用上學，因為阿媽過世了，要到醫院去。

阿媽病了很久，媽媽和爸爸常帶浩浩到醫院去看阿媽，浩浩對醫院上上下下可說是跑遍了，沒有不曉得的地方。

只是這一次很不一樣，爸爸媽媽都哭紅了眼，媽媽還特別慎重的告訴浩浩，大家都很傷心，也有好多事要辦，浩浩一定要乖乖聽話，不要亂講話或是亂跑。浩浩點頭答應。

那幾天的日子對浩浩可說是一連串的新奇與混亂。他們說浩浩是長孫，一下要他跪，一下要他站。可以不用上學，浩浩是很高興，可是每次一跪就要跪好久，不准動又不准講話，常覺得又累又渴，好無聊。浩浩知道阿媽死了，應該要很傷心，可是為什麼要他罰跪、罰站，而其他的小孩都不用呢？

叔叔、姑婆也好兇，他們常說浩浩是被寵壞的孩子，最不聽話，需要嚴加管教。浩浩看過媽媽為此掉眼淚，也常和爸爸為這事吵架，浩浩不知道自己到底做錯了什麼？

那天好像是個很特別的日子，媽媽說是要做法事。一大早，天還沒亮，浩浩和弟弟就被抱上車，連早飯都沒來得及吃。人好多好多、好吵好吵，新奇的事也特別多。浩浩很好奇，什麼都想碰碰看，尤其桌上好多好吃的東西。所有大人都忙進忙出，叫小孩子乖乖的坐在椅子上。

媽媽是基督徒，並說人死了會到天堂，不需要準備那麼多吃的、穿的。可是阿公和其他人的看法可不一樣。

沒多久，浩浩就覺得想尿尿，於是繞到後面的廁所。看見一隻大母雞正在散步，好玩耶！浩浩跟著雞也散起步來，最後追著雞跑了起來。越跑越遠，從巷子這一端跑到那一端，母雞被嚇得飛上矮牆，準備跳出去，浩浩正準備跟上，看到遠遠媽媽神色慌張的跑來，拉著浩浩回頭就跑。

只聽見叔叔大罵：

「我媽死了，他還高興，還給我玩，要玩給我滾出去玩！管你什麼過動兒不過動兒！」浩浩嚇得哭了起來。

只聽見媽媽哭著說：

「媽死了大家都難過，但浩浩畢竟只是個九歲的孩子，這麼多習俗的要求，一般的孩子都不見得做得到，更何況浩浩，孩子沒有惡意，請不要再責罵他。」

後來，大家七嘴八舌，亂成一團，到底事情怎麼結束的，浩浩也搞不清楚。只記得，那天媽媽哭得比誰都傷心，眼睛都哭腫了，一直都戴著墨鏡。

以前，浩浩總覺得，媽媽好煩、好愛管他，比較偏愛弟弟。當天，浩浩感受到其實媽媽是很愛他的。

晚上睡前刷牙的時候，浩浩默默的幫爸爸、媽媽的牙刷點

上牙膏，排在洗臉臺上。浩浩想讓爸媽知道，浩浩覺得自己很幸運，有很好的爸爸、媽媽。

八、喜劇泰斗

爸爸有個從美國回來的好朋友——王叔叔，很喜歡浩浩，總是叫浩浩喜劇泰斗。他最喜歡跟浩浩說話，他說浩浩常有跟別人不一樣的看法，很直接、有趣，也很有創造力。王叔叔還認為浩浩是個小天才，給浩浩取了個外號：喜劇泰斗。

有一天浩浩問王叔叔，他的車值多少錢？看來是很不錯的車，一定要一百萬以上，所以王叔叔一定是挺有錢的人。媽媽慌忙阻止，覺得很不好意思，浩浩怎麼可以這樣問人家呢！

王叔叔先是一愣，然後哈哈大笑，說道：「這孩子觀察力敏銳，問話很直接，敢把大人心裡想的、不敢講的話說出來，

有意思！」

浩浩不知道自己有什麼特別，只知道反正腦袋裡想到什麼就問什麼。媽媽常提醒浩浩要考慮別人的處境，不要太衝動、問得太直接，有時會為難別人。那太難了吧！不過是問問而已嘛！有什麼關係，浩浩想。

有一次浩浩到同學家玩，倍受招待，很是開心。離開時，浩浩告訴同學的媽媽：

「你們家的浴室、浴缸好破舊，怎麼不修一修？是不是因為你們沒有錢？沒有錢還請我吃這麼多東西，可見妳是一個好人。還有，妳做的菜真的很好吃耶！」

浩浩還很會做生意。每次整理房間，浩浩都會淘汰一些東西，弟弟因為崇拜哥哥，覺得只要是哥哥的東西都是好東西。浩浩每次就用舊東西和弟弟換他撲滿裡的錢。

有一次浩浩要賣一塊房間裡的地給弟弟，換他撲滿裡的三個大銅板，這樣弟弟就可以到浩浩的房間玩。後來被媽媽發現就阻止了，媽媽說兄弟之間，有好東西本來就該分享的。

王叔叔卻哈哈大笑說：「這孩子有創意、有點子，將來可以做大事業喔！」

浩浩的創造力在搭樂高、積木時發揮得淋漓盡致，那是浩浩最快樂的時候了。媽媽說浩浩自小只有搭樂高的時候，才能安靜下來。房間裡擺滿了浩浩的成果，有太空基地、城堡、機車……各式各樣的設計。因為常常被處罰隔離靜坐，浩浩設計的樂高房子裡，常有一個別緻的靜坐小椅子，在一個安靜的角落裡。

王叔叔最喜歡浩浩搭的樂高了，他說浩浩將來長大，一定要替他設計一棟超級棒的房子，裡面要有最人性化的設計，和

最先進的設備。

看來為了將來可以當一名建築師，設計各種大樓、太空基地，浩浩這個喜劇泰斗得好好唸書，才會寫字、會畫設計圖，才能實現夢想呢！

九、最棒的過動兒

有一天媽媽拿了個小錄音機、紙和筆，說是要採訪浩浩，把浩浩成長的過程，留個記錄。

媽媽很正經的拿著麥克風問：「聽說浩浩是個最棒的過動兒，可不可以請浩浩為我們解釋一下，你是怎麼做到的？」

浩浩想了想說：「譬如說，我很注意安全。我以前不是很喜歡砸玻璃瓶嗎？尤其喜歡把東西從樓上往下丟，現在，我在丟之前都會想一想：會不會砸到人或車子，要注意安全。常常我裡面有個聲音，叫自己忍住不要丟。」

媽媽又問：「聽說你最近在學校也比較少和人打架、比較不衝動了？」

浩浩笑了笑：「其實，媽媽，我告訴你，有時候有些人真的很過分，所以我偶爾還是會跟人打架，那是在所難免的，你不要傷心。但是我打架的時候，都很注意安全。」

「你都怎麼注意？」媽媽好奇的問。

「人身上有些地方是很脆弱、不能亂打的。譬如說，不要

撞到頭，會腦震盪，很危險。那次我腦震盪住院，流了好多血，妳不是很擔心嗎？還有，鼻子也不能亂打，會打斷鼻樑、流鼻血；小雞雞也不能亂踢，會痛死人；腰也不要亂踢，會把腎臟踢傷……所以，我發現打背部是最安全的。」

「你最近被班上同學選為模範生，可不可以告訴我，你為什麼這麼受歡迎？你以前不是常抱怨沒有朋友，大家都不喜歡你嗎？」

浩浩很有自信的說：

「首先，不要太過敏，這裡，」浩浩指指自己的心，「我的心不要太過敏感。人家罵我、說壞話，就讓它彈出去。」浩浩又用手指比比自己的耳朵：「不要理它！剛轉到這所學校的時候，覺得很陌生，好像沒人要跟我玩。後來一起打球，把妳給我好吃的零食請他們吃，慢慢就有人跟我玩了。」

只見媽媽聽得入神，眼眶中都是淚水。

媽媽問：「孩子，你真的好棒！這些都是誰教你的？」

浩浩愣住了，張大了眼說：「媽，不都是妳和老師，還有阿姨教我的嗎？」

媽媽摟住浩浩，流下了眼淚：

「媽媽這些年來是講了好多好多遍了，沒錯，但是，是你自己願意、而且努力做到的，媽媽真以你為榮。」

浩浩又說：「可是，媽媽，為什麼我天生是個過動兒呢？」

媽媽說：「我們常採來玩遊戲的酢醬草是三瓣的，四瓣的酢醬草很稀有，我們都叫它幸運草。我不知道為什麼上帝創造四瓣的酢醬草，又為什麼創造浩浩是個過動兒？我只知道上帝給我兩個寶貝，你和弟弟。無論你和別人有什麼不一樣，你永遠是我的心肝寶貝。」

浩浩偏著頭問：「那妳一定很感謝上帝給你一個這麼棒的過動兒囉？」

媽媽終於破涕為笑了。

「可是，媽媽，每次我都得努力忍著，不要衝動、要專心，有時候覺得好辛苦、好累喔！」浩浩說。

「我知道，我了解，所以媽媽才更疼你呀！」媽媽把浩浩摟得更緊了。

「動動腦時間：

看完前面的故事，請試著想想下面的問題，你可以先寫下你的答案，再找人討論，歡迎你找你的老師或父母、兄姊一起討論，討論完後，你再看看你原先的答案，也許你會從這個故事發現更多和自己有關的事。」

☆浩浩好動的問題給他自己帶來什麼後果？你覺得他怎麼樣？

☆你是否曾經因感冒而無法自止的打噴嚏或咳嗽？如果你在教室或圖書室等安靜的場所不斷的打噴嚏或咳嗽，而同學或旁邊的人都一直要你安靜，你會覺得怎麼樣？

☆你會不會像浩浩一樣常惹出很多麻煩？你知道自己是怎麼回事嗎？

☆你的班上是否有像浩浩這樣的同學，你覺得他怎麼樣？

☆你覺得浩浩有哪些方面無法像你或其他同學一樣那麼有利或討老師喜歡？

☆你覺得浩浩如果在你的班級，他會需要同學或老師給他哪些幫忙？

☆你覺得浩浩有哪些優點？你們班像浩浩的同學是否也有些優點？找找看？

☆如果你像浩浩一樣，你會希望爸爸媽媽或老師、同學怎麼幫助你？

☆如果你是老師，你覺得怎樣做對浩浩才是公平的？

☆你覺得浩浩的爸爸媽媽是不是沒有盡到管教的責任呢？為什麼？

☆你聽說過什麼叫「過動兒」嗎？它是什麼呢？

給大人的話

如何利用閱讀故事幫助孩子心靈成長

洪儷瑜

一般父母和教師常只關心孩子是否長得健康，或是孩子有沒有隨著年齡增長變得更聰明，或有沒有知道得比較多；大人關心一個孩子的成長往往容易只注重在生理和認知能力兩方面，而忘了心靈方面的成長，例如關心孩子有沒有比較快樂，或是比較會處理自己的情緒。也因此當社會上出現兒童心理或行爲的問題越來越多時，很多家長或教師會感到心慌，會覺得孩子怎麼會如此不懂事，甚至不知爲何問題會發生在自己孩子身上，大人們不瞭解孩子心理的發展也需要如生理和認知方面的關照。當我們長期忽略孩子心靈成長的需求時，就像長期忽視孩子飲食的營養；又隨著社會的變遷，孩子會容易因爲不夠成熟，或抵抗力不夠，而出現心理或行爲的問題。

近幾年美國丹尼爾高曼所提出的ＥＱ在台灣興起一股熱潮，市面上也紛紛推出ＥＱ訓練課程，頗受家長和教師歡迎，可見國內已注意到孩子的心靈成長的問題。事實上，除了課程外，故事童話書是伴隨成長很好的工具。兒童童話故事本身對孩子具有心理輔導的效果，孩子可以透過對故事人物之認同，認清自己的問題，察覺自己心理問題的原因，並由故事的提示去學習如何看待或解決自己所遭遇的問題，甚至學習建立較健康的待人處事之道。國外利用童話故事進行閱讀治療已有幾十年，國外甚至出版專供兒童心理輔導的成長故事專書系列，國內近幾年來也見出版社翻譯不少這樣的套書，然而翻譯書籍的人物與場景可能會因與國內社會不同，而阻礙了孩子對故事書中人物的認同，或是故事所提供的解釋問題之架構可能不見得符合國內社會。因此，心理出版社總經理許麗玉特地邀請了國內童話故事的文字工作者，以國內兒童成長中經常面臨的問題爲主題，撰寫相關的故事以供家長或學校教師利用故事幫助孩子心理成長。

一、閱讀在兒童心理輔導的功能

書籍的種類很多，但並非所有的書籍均能適合運用於心理輔導。鑑於兒童把自己想像成故事中的人物，喜歡透過故事幻想，因此，童話故事十分合適擔任陪孩子心靈成長的工作。兒童可以透過書中的人物，學習認識自己或他人；透過書中人物的經驗，增進同理他人的能力，甚至透過書中的情節學習模仿解決自己心理問題的方法。此外，由於兒童認知能力的限制，常無法用適當的語言描述自己的問題，甚至不瞭解自己心裡的擔心或想法是什麼問題。這也是一般大人在輔導兒童心理問題時，常遭遇的困難；有時候聽兒童說了半天，還發現兒童所說的問題不見得是他眞實的問題。當兒童能發現與自己問題相同的故事，兒童就可以透過書中人物和情節，或使用書中的語言，與大人溝通他內心的想法或問題。總之，閱讀童話故事之所以能運用在兒童心理輔導，受肯定的功能大致如下：

1. 協助兒童瞭解自己；
2. 增進兒童瞭解別人的能力或是同理心；
3. 協助兒童瞭解人類心理問題之普遍性原則，以減輕壓力或增進忍受力；
4. 讓兒童學習描述自己的問題；
5. 讓兒童學習各種處理問題的方法；
6. 讓兒童學習健康的面對問題之態度。

二、如何利用閱讀故事輔導孩子

當然，要發揮上述功能，不是光買書給兒童看就可以了，大人從旁的協助是很重要的。如何利用童話故事書輔導孩子，家長或老師可循下列步驟進行：

1. 確定或預測兒童的問題或可能需要探討的問題。可以透過觀察兒童平時的言行或兒童的日記、作業或遊戲時的表現，發現兒童心理上的問題，例如是怕黑、考試焦慮、不喜歡自己、交友問題或是自卑等。
2. 選擇類似主題之童話故事作爲閱讀輔導的讀本。選擇讀本時，除了考慮主題外，應考慮讀本之難易度是否適合兒童的閱讀程度。一般而言，讀本的撰寫最好是兒童可以自己閱讀的程度，不要選文字詞彙過難的讀本，若讀本的文字對兒童而言太難，可以考慮選擇錄成錄音帶，或由大人陪讀。
3. 將選好的讀本呈現給兒童，由兒童在毫無壓力下，自由的閱讀。家長或教師如要達此目標，可能需要平時即鼓勵兒童閱讀，並把可能是孩子所關心之主題的書本介紹給孩子，或是鼓勵他找機會閱讀。

4. 在無壓力、輕鬆的情境，分享兒童在讀或聽完故事後的想法與心得。

5. 學習傾聽兒童的心得，對孩子的想法不要加以批判，也不灌輸大人預設的標準答案，專心聽兒童表達他個人從書中所得之想法，必要時，可以摘要兒童所說的內容，以澄清自己所聽到的確實是兒童所想表達的。如發現兒童可能有偏差的想法時，不要表現出驚訝、指責或安慰孩子不要亂想，以免阻止了兒童繼續表達的意願。

6. 提供適當的問題引導兒童思考和討論。利用閱讀輔導兒童與傳統說教方式不同，一味灌輸標準答案容易適得其反，因此，大人可利用問題引導兒童去重新認識自己的想法，澄清自己的問題，或是選擇適當的方法。所以，兒童看完書之後，一定要有討論。本套書每冊之後均設計有作者自編或是編者設計的問題或作業可供教師或家長參考。討論的方式可以一對一個別討論，如有兩個以上的兒童，也可以採團體討論的方式進行討論。爲確定兒童由討論中獲得學習，討論結束前，可試著讓兒童說出他在討論過程中，所得到的心得或結論。

7. 後續輔導。透過討論，可能發現兒童仍需後續的輔導。後續的輔導大致分三方面：如發現兒童由書上得到改變或行動的想法，則鼓勵兒童定下契約，大人可以後續追蹤兒童的行動，必要時可以提供適度的提示或增強，以協助兒童增加成功執行的機會；如果兒童還需要進一步的討論或閱讀，可以陪他再重新閱讀或尋找相關的故事來討論；發現兒童的問題嚴重到需要專業的心理治療，宜盡快尋求專業的心理諮商人員或精神科醫師協助。

一般兒童因經由閱讀達到輔導效果，主要是透過認同和洞察的歷程。所謂認同，是兒童在不知不覺中，將自己經驗和想法投射在與故事書中相似的人物身上或情境，彷彿是書中的主角。適度的投射可以幫助兒童抒解陳述自己問題的壓力，但是如果兒童投射過度，僵化自己在書中的主角，或所言與現實差距過大，尤其是發生在年紀較大的兒童時，教師或家長則應請教心理諮商專家。此外，當兒童透過書中的情節瞭解他人的內心世界或問題的發展，可以幫助兒童重新認識或解釋自己所遭遇的問題，這也是透過閱讀發揮輔導效果的要素。為了達到上述效果，一般家長或老師在選擇讀本時應注意下列四個重點：

1. 故事主題符合兒童的興趣或需求者；
2. 故事內容所涉及之問題與兒童讀者的生活經驗有關者；
3. 故事的撰寫適合兒童的閱讀程度；
4. 故事的情節可以幫助孩子學習認識自己或處理問題。

進行輔導時應注意下列三個原則：

1. 提供開放接納的討論氣氛，不要批判兒童的想法或反應

盡量不要像一般傳統說教的方式，指導兒童應該如何做才對，或以道德標準讓兒童覺得被批判，即使他是不對的，也應或提供問題讓他去思考支持

自己的理由，或分析自己的意見之利弊得失，透過討論讓兒童知道自己爲什麼不對，鼓勵兒童由事實發現自己應該選擇的答案而自我修正。

2. 提供從旁的協助或引導，不要讓兒童覺得有挫折感

此種閱讀可能與一般爲增進語文或知識的閱讀不同，不要讓兒童因爲語文理解的困難而退卻，因爲當兒童需要利用閱讀學習認識自己，對兒童本身認識自己已是需要努力的課題，如果讀物太難，或思考問題的內容超出其能力範圍，兒童就難將故事中的體會眞正內在化，而只好像一般閱讀書籍一樣，把標準答案背起來，這就失去輔導的意義。

3. 循序漸進，不要急於求成

利用閱讀童話故事輔導兒童，就像提供給孩子心靈成長所需要的維他命，不要急於求成，期待兒童看完一本書或討論一次就可要求解決他心理上的問題。大人應該考慮兒童的能力與成熟度，長期的陪兒童閱讀與討論，一段時間下來，您就會比較容易發現孩子可能的改變。但也千萬不要把閱讀故事書當作治療兒童心理問題的藥物，閱讀童話故事的輔導不是萬靈丹，如果孩子的問題比較嚴重時，仍需直接找專業的心理諮商人員。

三、如何利用本套書輔導成長

本書最適合家長或老師運用在下列的情境：

1. 一般兒童的心理成長時間，如親子交談、導師時間；

2.當發現兒童可能有心理困擾，想鼓勵兒童表達或討論時；

3.當發現兒童可能有類似問題，卻不知如何幫助時；

4.當兒童班上同學或兒童本身有類似的問題，想趁機幫助孩子認識問題時。

如果是兒童心理專業人員或學校輔導教師，也可以利用本套書為建立關係或閱讀治療的媒介。

運用時可參考上述的步驟進行，本套書每冊書後所設計的「動動腦時間」就是作者或編者擬定的討論問題，師長可以先要孩子自行回答，再依據孩子的興趣或狀況選擇部分符合孩子所需要的問題來討論，不一定要一次全部討論完畢，可以依時間長短與孩子的興致挑選適當問題討論，分次完成。如果使用上有任何意見或建議也請不吝賜教。

（本文作者為國立臺灣師範大學特教系教授）

如果您想要進一步了解過動兒，可與中華民國過動兒協會聯繫。
電話：（02）27625953
（02）27626769
傳真：（02）27626955

兒童心理成長系列 52003

最棒的過動兒：認識過動兒

作　　者：何善欣
主編校閱：洪儷瑜
插　　畫：陸承宗
總 編 輯：林敬堯
發 行 人：洪有義
出 版 者：心理出版社股份有限公司
地　　址：台北市大安區和平東路一段180號7樓
電　　話：(02) 23671490
傳　　真：(02) 23671457
郵撥帳號：19293172 心理出版社股份有限公司
網　　址：http://www.psy.com.tw
電子信箱：psychoco@ms15.hinet.net
駐美代表：Lisa Wu（Tel: 973 546-5845）
印 刷 者：博創印藝文化事業有限公司
初版一刷：1997年12月
初版五刷：2010年 2 月
I S B N：978-957-702-255-4
定　　價：新台幣150元